飛石の上

大島静流

七月堂

目次

目次

飛石の上

辛夷の木

水もまた言語であった
風が葉の一枚一枚を
撫でる度どこからともなく
うねりは近づいて
「溢れなさい」と
形なす音楽は遠ざかる、それでも
反芻する呟きだけが
頭を満たす前に
つまびいた濁りの位相
昨日を指す

泥のずっと深く、錯覚は
あまりに黒く硬い
いろいろな重力が破れ
塗り替わって、奪って
違う姿に還す
鍵を睫毛に
掛けて反射できるなら
それは言語ではない
木を登れ

馬三家

夜ごと拷問官の心臓は
持ちぬしを子守歌で苛み
機械の陰鬱について
方程式が立てられるのとほとんど同時に
そうしているの、みんな
お月さまのまねごとなのね
後部座席から切り取れるのは
落ち着きのない絵画にすぎず
エミリア、飴なら盗んでこいと何度も
言ったはずなのに

今やガラス張りの内側は
手くせの悪い子供
まだ信じてやまない
ことばのない相手が自分を見透かすと
何に乗じてか潮風に萎えた
記録紙　流れ着く
（きこえる？）
ばつが悪そうに

邂逅

ねばついた刃の切れ味の悪さが
生活のどこにでも棲んでいて
書き損じた宛名を
代わる代わる、集めてゆけば
この街を
忘れ去られた清潔にした
或いは、浸したまま
劇薬の土曜の静けさを
誰もが待ち望んで

焚いた——
薄曇りの朝
うらぎりの真昼に
消防車はサイレン鳴らし
狂おしいまでの誓いの言葉を
この教室に君主在る限り
了承する
情動を（吐息が）ただ一滴
白く散る
橄欖石の講堂
いまだ錆び続ける
引き潮の、ベンチ
待ち人
すでに来ている

色彩の葬列

映像は　トレイに載せられた粗末な食事が　滅茶苦茶に食い散らされるところから始まり
最初は延々その冒瀆的で　しかし生物としては限りなく正しい営為の様子が続くばかりで
捕食者は女だった　食器など使わずに　口許より上を画面の外に隠し　一向に手を止める
気配はない　何が材料かも判らない塊がほうぼうに飛び散り　いっしょうけんめいに動い
ている口の周りそして　首から胸にかけて　果ては太腿の上にもぐちゃぐちゃにへばり付
いて　それでも一向に　女は意に介さない　思い出したように時折肩の辺りで　口許を拭
ってみせるのだが　どのみち食べかすがまとわりつく場所を変えただけのこと　間断なく
獲物いや色彩の死骸は　顔の近くまで運ばれ続け　口の中に入るものもいれば　入らない
ものもいる　そうしているうちに不図　女は席を離れ　トレイの上では一そう間抜けに
これ以上食い進める余地があるのかないのか　惨めな食べかす共が　見つめている後ろ姿

意外にも長躯で　それに相応しい大股によって　女は画面から消え　次は何やら鉄製のケージの前　突然切り替わる視点　今度はケージの中から　女の口から下だけが映る　べとべとの手を　やおらケージの隙間に差し込み　もう片方　これも同じくべとべとの　手は天板を鷲掴みに　揺さぶる　激しく揺さぶる　何か叫んでいるらしい口から　さきほどの食事と唾とを一緒くたに撒き散らして　この上なく真剣に顔を歪めるが　叫び終わるか終わらないかのうちに　もう薄笑いが浮かび　残忍な遊びの正体がわかる　昂奮のあまり口の端から　垂れる涎とも痰ともつかないもの　手の甲でそれを拭い　女はまた去る　足取りは食事のある方へ向かう　ふたたび示唆される暴力のわだかまり　女はテーブルに就く必要な犠牲のため　必要な冒瀆

妙妖記

1

色を持たないことばの多くは
遠いところでは
つめたい月光の一刺し
近いものなら
聖チェチリアのなだらかな胸
そのゆらめく輪郭であると
言われているわけですが
これらの常識を私たちはいちど

疑ってみたほうがよいでしょう
それと知らず
色をみつけようと手に取って
ふと、指先の力加減を誤ったために
壊してしまった無数の——
貴方が知らないだけだとしたら？

2

——まずは何から始めたらよいでしょうか。
兎を探さなくちゃならない。
といっても、あのリデル嬢を拐かして

果てには彼女にはらわたを引きずり出された奴とは違う。
これといって特徴のない、普通の兎だ。

（はらわた……？）

——その兎に、名前は？

名前はなかったはずだ。でもすぐ分かる。

——特徴も名前もないのなら、分からないのでは……

腹の中に鈴が入っていて、
それがそこらを跳ね回るたびに鳴るらしい。
もっとも首輪をつけているのとはわけが違うから
そうやたらと大きな音はしないにしても……

近づけば聴こえないことはないだろう。

――なぜ鈴が？

なぜ……ってまでは知らないね。
でもその鈴は、鳴らすと雪が降る代物で
もとはさる神様の持ち物だった。
そんなものをうっかり飲み込んでしまうから
初めは当然、そいつを殺して腸を引き裂いて
中の鈴を持ち主の手に戻そうという話になる。

――でも結局、殺されなかった。

そう、いざ鈴を取り出そうという時になって
それまで黙って聞いていた一人が、

鈴も兎も同じようなもの
いずれ鳴るなら兎ごと
鈴と思って鳴らしてみては、
なんてふざけたことを言ったらしい。
その後も色々とあったようだけれど、
最後には兎はそのまま鈴の持ち主に引き取られることになった。

――その兎の主人という神様が、会うべき方なのですね。

いや、用があるのは兎を助けた方だ。
訊きたいことがあるんだろう?

――では、その方が答えてくれると?

さあね。あんた次第だ。

あとは……
本当にそのつもりなら、寒くなるまで待つといい。
妙なときに突然雪が降ったらいけない――

3

例えば
夕星に　映りし夢の　閉じぬ間に
零るる彩を　あつめつるかな
このような歌を取り上げるとして
下の句

「あつめつるかな」
（「め」と「つ」の間か、その少し後ろでしょう）
この辺りが〝浅葱色の言葉〟ということなどは
言うまでもありません
これ以外は人によるところが大きいかもしれませんが
上の句
「……に　映……」
ここに鈍色が見えることが多いのではないかと思います

註　言葉の色は二通り考えられ、全体で対応してそれぞれ逆の色をとると言われていますから、もしここに挙げた色をとれないならば、前者は山吹色、後者はうす紅ということになりましょう。

では今挙げた二箇所の他はどうでしょうか
元来、色がみえない場合には、一応その言葉は色を持っているのだけれど、

近い場所にあるほかの言葉が強い色を持っているために打ち消される
という解釈がとられてきました
それも概ね間違いではないように思いますが
（たとえば浅葱色にしても
あまりに長く見ていたら目がやられてしまうでしょう）
これは一つ重大な前提を見逃した上でないと成り立たない考えです

〝色をもたない言葉も存在するかもしれない〟

これがなぜ今まで検討されてこなかったか？
驚くべきことです

4

深すぎる残響
↓ここではない場所を生きていたかった
運河の水彩画
↓ここではない場所を生きていたかった
真夜中の高速道路
↓ここではない場所を生きていたかった

剥き出しの土　場違いな機械（在りし日の残骸として）　ゲイン・リダクション　環
ライト　――虚像をふち取る程度の光　一人が歩くには広すぎる道巾　さざ波の幻聴
目に入るものが全て白色、の、廊下
↓「ここではない場所」

5

Q　言葉を壊してしまったときはどうすればよいのでしょうか。

A　少なくとも、色を探すことは諦めましょう。
そばに置くのに支障がなければそのままにしておくのも手です。
（見るに堪えないような壊れ方をするようなことは珍しいですから）
ただし、いずれにせよそれを作った人間の領域には二度と立ち入れない、
ということだけは忘れないようにしてください。

6

かわいい兎ですね。

わらわのではない。

でも助けたのでしょう?

ちょっかい出しただけじゃ。

それがうまく転んだだけって?

ふうん……

＊　＊　＊

私たち
どこかでお会いしましたっけ？

いや。

7

それでも未だ
詩人の言葉は
閉ざされている

この文章は季刊誌『化け猫と下緒の科学』に掲載したエッセイに加筆・修正を加えたものです。

からっぽ

かれの一生は
かれを出しぬいて殺そうとする者を
出しぬいて殺すことだけに捧げられ
いまわのきわにあってもかれは
その耳に聴こえてくる音楽の名を知らなかった
それが分からぬためだけに
かれはいつまで経っても死ねないのだった

いわれのない不文律に

足もとをすくわれた女
彼女は美しくはなかったのだけれど
多くがそうするのと違って
くだらない色じかけをしなかったのは
それが理由ではない
その手ぎわはあくまであざやかで
彼女のひきょうは
この上なく高潔だった

彼女はひとつだけ音楽をもっていた
土とけだもののかおり立つ
かなしい木々のささやき
その名の分からぬことなど当然で
了知のなかに女は息たえた

教えておやりよ
死の意味を
きみの斃した
あの迷子に

環

祈りだけを諦めた　ままごとでも構わない　ほのかに愉悦
の残る　頬が氵らすばかりに切り立っていた　ぬかるみは
踏みつけるほどこちらを許し　幾度も覗き窓を壊す　行き
止まりの谷　意趣返しの轍　白光りする幹　何もかもが、
淡い　鼠の眼は鮮烈に煙った　彷徨える二重のエクリプス
宣託の御子　はだけた装束あるいは糜爛の右半身　違法性
を噴霧せよ忽ち　畏れは傲慢にかわる　どうして線条がか
ようか　空はあおざめた牛のよう　木々のかさなって発語
を忘れる　しわがれた経産婦の罪ほろぼし　魔法をつくる
ことは依然　弁明に必要な　昨日を吹き消すことと同じだ

毒蜘蛛が出る

霧ぶかい
悠久の泥水のほとりで
わたしは知らされた
となりに小さく座した少女に
わたしの「おとなのいやな顔」は
あえなく失敗し
うら若き乙女の（悪魔め！）
いたずらは少しだけ長びいた

「何にしたって
貴方よりは
きっとましだわ」

確かにおよそ
人間なんて
友人にするには
向かないものだ

しかし毒だぜ、毒

少女は探険からもどり
わたしは釣りをしている
×××も棲まない

ふかみどりのよどみに
糸を垂らす

釣果のないわたし
果たして少女の
ささやかな狩りの
ささやかな収穫は
パン生地みたいにまん丸の手に
しっかりと握られて
分け前はなし

少女はうちへ帰ったが
きっとあの手には
目のわるくて不注意な蝶々が

にぎられていたのだ

そしてましな私を
手にかけなかったのは
何てことはない
どぶ臭くってみじめに見えたのだろう

おあいにくさま
わたしは名人
巨大な長ぐつが
今日の夕飯

エチュード

さて悪魔は躓き、
蝙蝠は脚を舐め、
切り札は引かれ、
夜は染みわたり、
墓碑銘は点滅し、
弦楽は灰となり、
面影は蔦ばかり、
債券は逃げ惑い、
血族は勢ぞろい、
煙草は宙を舞い、

打鍵はやり直し、
娘はろくでなし、
その脚は開かれ、
朝は忌まわしく、
丘陵は饐え果て、
稜線は交わらず、
鼠はやがて去り、
脳髄は許しても、
命運は蒸発する、
詰るは勝手だが、
意味は持ち歩け

椅子

生まれ変わってみるとわたしは盲だった
人形のようにわたしは
硬い椅子に座り
あどけなくも儚い声をきいた
歯の欠けた
松葉杖の老女がわたしの面倒をみた
たぶん狭苦しいこの部屋で
せいいっぱいに呼吸をする
それだけのこと
それだけのことが途端に

聞き慣れない音がすると困難になる
じっとしていられないと両手を撫でまわす癖
短く掠れた叫びが
外界を裂いて消え
ハエトリグモが
瞼の上を跳ねた
尻の肉はすっかり麻痺して
もう温度を感じない

蟻

背後なる惨禍！
醜くはないが特徴もない
親子は点描の蟻にばけ
すでに熱で弱くなった膜を喰い破った
もう一安心と
ひとの姿にもどるが
うしろは絶壁
むらがる暴徒
「あれ、」

硝子

密室の破綻を差し出した因習の招待と見まごう名前の
代わりに叩き起こしてほしい迷子のまま飾るならきみ
はひろいそこねたよる辺のしまった、わたしではない

groan

必ず左手で棺を閉める
少女の釦より重い
母親の、巨きな花、それも
破り棄てなくてはならない
碑
手に吸いつくような文字を
いやというほど鞭打たれた子豚、豚は
明日の生活のことなど考えない
禁じられたしきたりの上
立ちのぼって　往来する

俯くと上手くゆかないから
書き留めてばかりいる

報せ

月曜の昼間から
出掛ける用もなく
わたしは靴を磨く
同い年でもう死んでしまった犬のことが
脳裏をよぎった

わたしが思い出すべき犬は二匹
一匹は祖父の犬
一匹は近所の犬
祖父の犬はわたしより一日だけお姉さん

近所の犬はわたしの手をよく舐めた
白と黒ばかりで
身体の色がよく似た二匹
どちらの死にもわたしは立ち会わない

ゆるんだ口から荒く、くさい息が漏れ
わたしのことは分かるのかどうか
それでも
差し出すことさえすれば手を舐める犬の
あるいは、気づかないうちに
写真の中に仕舞われていた犬の
ぼんやりとした瞳――

とっくの昔に発送された報せが
突然わたしのもとに届く日があって

きまってわたしは手を使っている
今日のは不慣れな仕事
勢いあまって
クロスをはみ出したクリームが
冷たい
後悔を載せきれない
ちいさな手のまま
わたしは大きくなってしまった
架空の便箋なら何枚でも持てる手
書かれていることは同じなのに
一枚を残してすべて捨ててしまうことはできない手
近ごろ犬など
触ることのない手
いましがた靴磨きは終え
することもなくなって

しかたなく報せを拾う手
どこへ向かおうというのか
今日靴を履くことはない

宛

夢をみた、きみの幻覚はもちろん、私は匂いしかもたないから、その微かな、戻り格子の立方体、錯覚は温度をもって、まろび出すことを、いや知らず、きっと忘れてしまって、私と同じように、転回記号が生きてうごめいて見える私、夢をみているのではない。夢をみた、夢をみなかった、私は、証明してみなくてはならない、指のまたたき、小さな全、全を構成する個、短すぎる間に開いては閉じ、鉤に、くくり付けられた、また鉤、有意な演算子、しかも架空の。どこまでも戻ってくる、反響して、英語では綴らない、回向、殺戮のヴィオロンが、舌先でころがした鼻濁音の、回向。Eではじまるのではない、私の忘れていたところの、なぜなら、みていなかった夢が、おだまきの開くときに、うしろ側では閉じている、鉤があつまって（回るのではない）、瓦解の恍惚は、同一平面上に立ちはだかる、およそ許された淫蕩を、私の視力は急速に回復してみせた。吸い込まれる星の、力をもってまなざしは、私に何をも強制できず、愚鈍なまでに私は応じる、下顎をつらぬくのに任せ、嘘にきまっている、いずれにしても、既にひとつ前の天体がめぐり終わった、目前のぬかるみに私は、視覚は一番遅れて、ずっと思っていたのはなぞること、死んだドイツ人が、傍目には泳いでいる、まぼろしを見るのは常に人数が多い方だと誰が弁えてみせようか、己の輪郭をかさねる、減退させる必要がなかった、呼気が入りこんだ奥、トポロジーの球、なにも涸れたのではなく、刃物になりえない音律、律動は除かれる、うしなわれた断片、グラスは紙片のふりをするから、統計はあたりまえに崩れる

カスケード

時計を外すように自然に、
助けを乞うほどしたたる時大きな音がはりついて赤壁にかためられた風とちりちりいう秒
針がまざりあってひとり取り残されるあのひとの裸ひどく女性的なアルゴリズム老獪その
もの盤上の悪魔は警告しておく老獪そのものさて装置は中央に置かれねばならない白と黒
の羽根が都市のすきまから胎児にかえろうとするここは幸せのない世界みちくさをすると
潮がみちて引きつった頬からいやおうなしに嫉妬の零れるああ指を切ったどくどくと心臓
がもうひとつ出来たみたいにあなたをなぞる道具はげしく動悸してはけし飛んでくり返す
うちになぞって出来た溝なぞって出来た石まちがいなく同じ場所をつたってふわりと持ち
上げる力とつぜんに絞めつける死の予感わたしは目をそらした何度となくもう使われなく
なった言葉で名前もしらない誰かにおしえられた罌粟の実をちらしたように醜くつけられ

たしるしあのぼやけた絵画うすわらいの目許にもあった痕
もう少しで夢の中の娼婦は去る

廃墟

熱砂をのみ込んだ皮下の火照りに
はたと手を引けば口を結ぶのは
遠い時代のならわしか――

夜の砂漠の静けさで
（じっと見つめる）
微笑みもせず
ひとりで

祝福の使者

かといって、許せるわけでもない
現にこのレポートは
隣に座った男の
甘くていやな匂い
ちょうど数々の呪詛が
どぶ川のぬめりと一緒に
おまえは夜目が利く
発酵に適した時間
ときおり数種類の
重大な祝福の使者

現にこのレポートは
返答に代えて
非定型の文章に
けっきょくは収斂する
解決の端緒あるいは
絶望の通用口
盗まれた建築
盗まれた下着
盗まれた生活の誤謬
果たしていつを境に
このレポートは
魅惑的な肢体の
どこにも曲線はなく
幾何学上は全くの偽、現に
このレポートの

訂正箇所を示すため
枯れていった憐憫は
かつてすり抜けた鼓動を
解こうとする
このレポートは
忘れかけていた悲鳴のだし方

翅と五線譜

数学者におよび出された者たちは
代償の支払を命じられ
一列に並んで待つ
この遊戯、悪趣味な
切れた街灯の転写
まだ十にも満たない数学者のむすめが
後ろ手に見ている
片方の皿に知恵おくれのタチアナがいつも
金平糖を載せるので秤は
狂っているのに正しい値を示し

いずれも放免されぬはずの
若い娘らは仕舞っていた
かげろうの翅を開いて
明日の誠実を喰い殺しに
朝凪にながれてゆく
タチアナが忍び笑い
数学者のむすめは手を引かれ
ふたりの去ったあとには
古代の星座が不意に立ちこめる

寺山修司「ピアニストを撃て」に寄せて

うつろな獣

悲鳴は美しいあまりにも
時に聞き飽きてしまうほど
噴水で書いた字が
説明できないとすれば塗り潰した
可能性を端から端へと
怯える娘
感情のない愛撫
骨と皮ばかりのニンフ
どうして無機質な仮面しか
跳ね返さない？　わたしも

「すみません　って　いうけど
あなた　ほんとうは
したたか　なのよ
額縁に閉じ込めたせいで
綻ぶのに力をこめすぎた
蝕の踊り子
一斉に塔を発つ――

波をさがして

この世に現れ出ることのなかった
悪態そして不貞
起きぬけの儀式に
敷石として重く沈む
その上を
野良の母猫がえらそうに歩く
口がきけないことは
羨ましくもある
むかしの人が考えたロボットは
漢字ト片仮名バカリデ話シタ

いまでは随分流暢に話す
そのかわり世界に
音楽家はいない
手違いで
残らず印刷工場に売られたから
眠りを求めてのたうつ者が
吐息のかかる距離まで
肌を近づけるとひそんでいる
わずかな指先の戸惑いが

踏み外した
この高さから
語りかけるように話すのは難しい
思いきり怒鳴りつけられたなら人は
本能によってぐっと目を瞑り

握り拳をつくる
「あのひとがわからない」と
一音ずつ発声した時と
同じこわばりは
子供の頃の奇癖を呼び覚ます
浜辺でしか見かけない花
憎らしくみえて手折った

組木の夢

生ぬるい風もいまは
季節をきりさく爪をかくして
少しだけ憂鬱をはこんでくる
聞きかじりの感情が
やっと自分のものになって
川面の光に
跳ね返ってくる
そこへ紛れこんで
こちらを指さす
魚影がある

いやなことを言われたら
むっとしかめ面をする
そいつが　ほんとうの顔　ってやつさ

そういうものだろうか
既に
エニグマの色あせた仕掛け
組んだり、外したり
封じられて
望まれない位置にころがされた
錠となって、わたしは
心やさしい人が
いちばんに傷つくのを
欠陥工事の隙間から見る

外はあかるい
境界のもうひとつ先へゆくと
さんざんに時間をかけて発したわりに
丹念にやすりがけされた木片のようには
言葉はなめらかでない
けれどもぎこちない対話を愛する
ことができれば
微睡みから戻らないあなたの横で
わたしは平気でいられるのか

"GOD DIDN'T MAKE THE SUN FOR YOU
TO SIT IN THE LIBRARY, MARCIE"
——PEPPERMINT PATTY

岐路にて

その年の冬は、寒くなるのが遅かった。私が朝から鎌倉に出掛けた十一月の初めも、そんな時節らしからぬ陽気に恵まれていた。高い空は冬らしかったが、薄っぺらな上着一枚羽織るだけで、歩き回るのに苦労はなかった。

北鎌倉から峠を一つ越えると、ちょうど麓にかかる辺りで八幡宮の裏手に辿り着く。迂闊な時に来たものだから、七五三の子供でごった返している。人波をかき分けるようにして、礼儀知らずの私は参道を逆流し、大路をすぐ左に抜けた。

少しすると、岐れ路（わかれみち）という名の交差点に行き当たる。大仰な名前の割に小文字のyみたいな形で、車の行き交う広い道路の途中に、申し訳なさそうに狭い道が合流している。細道の方に入ると、なおも喧騒は遠ざかっていく。

山あいの道は日陰ばかりで、町並みがじっと黙っている。しばらく歩くと道なりに突然山門が現れ、その先に開けた砂利道が続く。
まだ奥がある。苔むした石段を踏み、二つめの門が私を出迎えた。生垣の間を抜け、本堂
を脇目に通り過ぎ、私はその裏手に出た。

岩壁の穿たれた空洞の内側を、はりついた水面の影が揺らめく。
陽なる影。

綴ろうとしていた音楽を手渡され、私は撥ねつけるわけにもいかなかった。そしてあの、
苔の覆う皮膚の下を
振りほどけなかった少年時代が埋まっている。

空の青いことほど悲しいものを知らない。立ち止まって後ろを見ることの恐ろしさを、に
やつきながら私に教えたのは誰だったか。全く別の日のこと、その時と同じ予感がして、
けやき通りの横断歩道ですこしだけ顔を上げた。建設中のアリーナに群がる重機と高架線
の間に、その姿はあった。

一度岩壁の前を離れ、本堂の正面側に戻ってきた。腰掛けたベンチの頭上では、花房のない藤棚が武骨な輪郭を露わにしている。隣の恋人は、このまま私が何も言わずにいれば、日が沈んでもずっと黙って座っているのではないかと思われた。もう一度見てきてよいか、と私は尋ねた。

擬態

予感が後ずさってゆくとき
代わりに雲をよぶ人がいないから
限りある宇宙の時間に
鳶でさえ風にあおられて
忘れ去られたように
椿の木に服は吊られた

胸にさした痛みの
正体を知ることは
ため息の横に

親しい誰かの刻印を
見つけること

急峻な坂を踏みつけても
残すわだちの一つとしてなく
海へ持ち去るつぶてもない
せせらぎに擬態した
目の端は砂でいっぱい

霧笛

ひとりではないと、
生まれてくるとき
緯度をゆらしている
楽器の名前を借りた
言い伝えのとおり
吹きさらしの連絡通路
手繰らなくても声を吸い寄せる
片方では口いっぱい
味のしない果物をふくんだ
ふしあわせの砦

歩を緩めると
あまりに、ふるえていて
酔うかもしれない
たくさんの職業
浅黒くきびしい貌から取り出して
夜を摘むように
払いのけられた腕、先を譲った
透明な話し相手
わすれないで、かならず
ダイヤルを
かくされた焔の方向へ
撃つ

遠景

1

近視眼的語法
によってかたられる
名と、身分と、
器楽的遍歴の
敷き詰めようがない錯誤に
だれもが窒息する
(夜)
現代の暦における竜巻の日

未だかび臭い史実の上に
蠢くことをやめない
そう遠くないうち
鱗は抜け落ちるだろう
あらわになった傷口は
みさかいなく透明を穿つだろう
枝分かれが
なかったことを認めて随分経つ
ふかい霧ごしに
浮かぶように見えていた人影を
追うのに疲れ、
立ち止まると
この世のものならぬ機構から
予期しない笛の音

2

切り裂いた、と確かに思ったのは
痕をつけられたほうだけで
じつに平たく
光沢もない
おち窪んだ眼の
沼地が、さそう、
〝みどりに見えるのは
よどみではなくて
あまりに、水のきれいなので
草木の色ばかり
映っているものなのです〟
これら詩句であるならば偽

囁かれるものならば偽
尖塔なのであって
ひろがりがあってはならない
ジッと銜け
うす闇に、星のない箇所を
どこまでも、箱庭の天球の中を
打ち棄てられた楔を

3

たとえば波間の泡をすくう
幼気な試みのひとつ
ひとつ、ざらついた
レリーフに移されて

もはや何も朽ちていかない場所で
鋭角が異様なまでに恐ろしく
待ち疲れた者に特有の
皺を刻んだ肌のように
木はない　木の
影だけが落ちていて
ありもしないのに唸り声を
風の中に撒いている
あるいは波の音かもしれない
実体のあること憎らしくて仕方のない
あらゆる生物のこだま
宿主である美しい
熱風の少女、適さない
ねぐらに棲むために
悲痛な呻きの粒子は

真珠の核ではありえず
灰色に膿んだ眠りの
待っている腕あることを信じ
いま急速に凝固を終えた

4

自然が復讐と
迷いとを知らないように
男は石を拾う
とりわけ磨きようのない石
時に腐臭の汚名を
妻の耳朶に載せるため、女は
水底にトラバサミを沈める

この神経質な空白
ちょうどその隣に
外し忘れた義肢が横たわり
いわれない勲章のことを
ひと知れず軋んで拒む
不安定な高炉の夕べ
旋律の停止を見つめる者があり
折り重なって、とけ合う製図台上
うかびあがる筈の
飛石、らせんの形に気化するとき
名前のおなじ全く異なる地を
事実上、またぐようにして
けわしい木々の間を這う
臆病なとかげの一匹が在る

5

後悔の中にしか
読まれることのない書物に
挟んだ切符の始点
いつの世にも地中から
砂を掻き分け
ぬっと湧き出る硬質の背まさに
王国であり
強欲の契機も忘れ
飲みさしの毒杯は
いかなる場合も水平を示す
蜃気楼の現実
かわいげない王女よ

罪を認めるなど
おまえの手にあまることだ
急降下する留鳥を追え
かれらは習わしによって
思いがけない間隙に
巨竜を想い
そして、殺す

インカレポエトリ叢書Ⅳ
飛石の上
二〇二〇年一〇月一〇日　発行
著　者　大島 静流
発行者　知念 明子
発行所　七月堂
〒一五六―〇〇四三　東京都世田谷区松原二―二六―六
電　話　〇三―三三二五―五七一七
FAX　〇三―三三二五―五七三一
印刷　タイヨー美術印刷
製本　あいずみ製本

Tobiishi no ue

ISBN978-4-87944-422-6 C0092